हम जंगल के जगर मगर

कला **वेंकट श्याम** • डिज़ाइन **नीना सबनानी**

गीत **राज शेखर**

एक आदिवासी गीत से प्रेरित

Tulika

तरम तरम तड़ तड़ा
तरम तरम तड़ तड़ा
चरखी बोले रे
फड़फड़ा फड़फड़ा फड़फड़ा

धरती माता फले-फूले
पर्वत रहे हरे-भरे
मेघ बरसे घन-घन-घन
तापुर तुपुर त्रम

माटी के कुइया-मुइया
जंगल के हैया-हुइया
कुइया-मुइया हैया-हुइया
कुइया-मुइया हम

अदम बदम, अदम बदम
चलो चलो कदम-कदम
रात के हम टिमटिमटिम
भोर के हम चमचमचम

खर-खर खरगोश हम
टिपिर-टिपिर ओस हम
खेत-खूट-खात बोले
पटर-पटर पात बोले
माटी के कुइया-मुइया
जंगल के हैया-हुइया

दिन भर तो खुशबू हम
रात-रात जुगनू हम
जुगनू ही जंगल है
जंगल में नदिया है

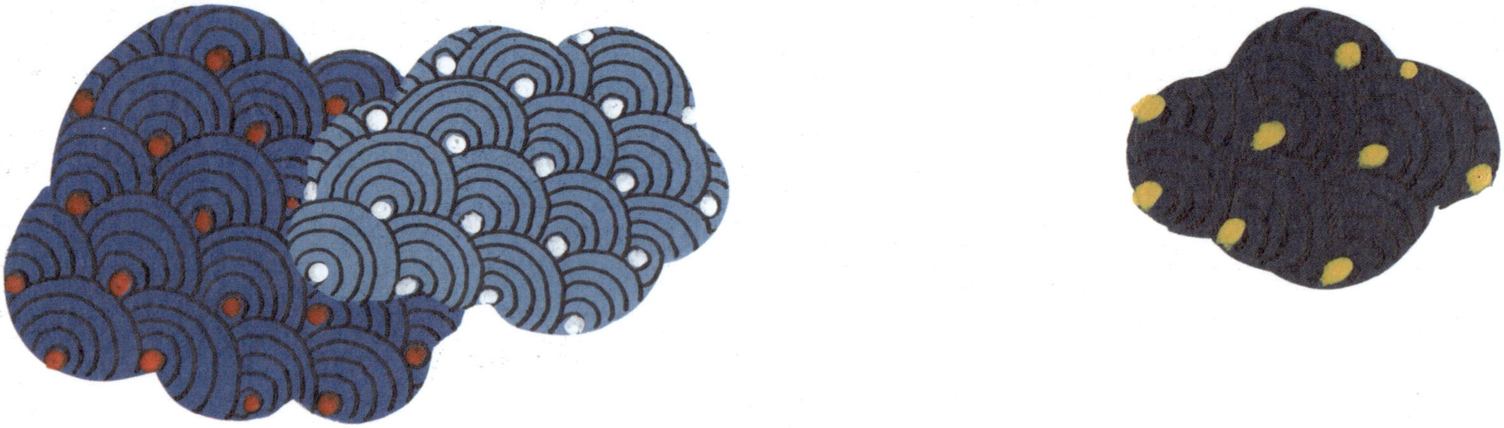

नदिया के नाना ने
डोंगर के दादा से
डोंगर के दादा ने
मछली के मामा से
मछली के मामा ने
बादल के बाबा से

बाबा के कंधे पे
चंदा के पंजे में
मेघों का छत्ता है
छत्ते में मम-मम-मम
महुए का पत्ता है

पत्ते से हरे-भरे
टहनी वाले पेड़ हम
यहाँ वहाँ उछल-पुछल
बाघ-भालू-शेर हम
मीठे से बेर हम

टेसू पलाश फूले
लाले-लाले लहर-लहर
मांदल पे थाप पड़े
धिनिक-धिनिक थपर-थपर
धीमसा का नाच चले
तनिक तनिक संवर संवर

गाँव-गाँव, गाँव रहे
दूर रहे शहर-शहर
और रहे हरदम ही
जंगल में जगर मगर
माटी के कुइया-मुइया
जंगल के हैया-हुइया
कुइया-मुइया हैया-हुइया कुइया-मुइया हम

Hum Jangal Ke Jagar Magar (Hindi)

ISBN 978-93-90834-72-3

First published in India, 2022
Reprinted in 2023, 2026

With grateful thanks to Speaking Tree Pictures Pvt. Ltd and Moo Print Pictures who produced the film Oonga *(2013), directed by Devashish Makhija, in which a version of the lyrics first appeared*

Warm thanks also to Dakshinachitra, Chennai, for hosting the artist

Published by
Tulika Publishers, 305 Manickam Avenue, TTK Road, Alwarpet, Chennai 600 018, India
email reachus@tulikabooks.com *website* www.tulikabooks.com

Printed by
Sudarsan Graphics, Chennai, India